MW00913018

The Fish and Their Gifts

Joshua Kaiponohea Stender

Illustrated by Alexa Mokukea Bate
Leianna Eads
Leigh Frizzell IV
Pua Herron-Whitehead
Kynaston Kaikā Lindsey
Matt Nuʻuanu Kakalia
Nāpua Keopuhiwa
Kinaʻu Puhi
Punahele Svendsen

Translation by Lilinoe Andrews
Malia Morales
Kiele Gonzalez
Bryan Kamaoli Kuwada

KAMEHAMEHA
PUBLISHING
Honolulu

This is a reprint of the book *The Fish and Their Gifts,* which
was originally given the Hawaiian name *Nā Makana a Nā Iʻa.*
In this reprint, a new Hawaiian name has been given and
changes have been made to the text.

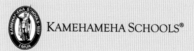

KAMEHAMEHA SCHOOLS®

Copyright © 2015 by Kamehameha Schools

All rights reserved. No part of this book may be reproduced
in any form or by any electronic or mechanical means,
including information storage and retrieval systems, without
permission in writing from the publisher, except by a
reviewer who may quote brief passages in a review.

Inquiries should be addressed to:

Kamehameha Publishing
567 South King Street, Suite 118
Honolulu, Hawaiʻi 96813

publishing@ksbe.edu

Design by Hans Loffel
Cover design by Stacey Leong Design

The paper used in this publication meets the minimum
requirements of the American National Standard
for Library Sciences—Permanence of Paper for
Publications and Documents in Libraries and Archives,
ANSI/NISO Z39.48-1992 (R1997)

ISBN 978-0-87336-081-4

Print production: Penmar Hawaiʻi Corporation
Printed in: Guangdong, Panyu, China
Date of printing: May 2015
Job number: 14-7602

20 19 18 17 16 15   2 3 4 5 6

This story was written and illustrated by students of Kanu o ka 'Āina New Century Public Charter School. It is a community-based, bilingual (Hawaiian and English), kindergarten-through-twelfth-grade, Hawaiian-focused school. It is located in rural Waimea in the Kohala district in the north of Hawai'i Island (the largest and southern-most island of the Hawaiian chain).

Kanu o ka 'Āina is a short form of the proverb "kalo kanu o ka 'āina," which literally translates to "taro planted on the land," and figuratively refers to natives of the land from generations back. The names identifies us as plants of the land because, as native Hawaiians, we are an innate part of our environment. The over two hundred students of Kanu o ka 'Āina perpetuate Hawaiian language and culture by practicing native traditions such as kalo (taro) cultivation, outrigger-canoe sailing, and traditional Hawaiian protocol.

Students of the school participate in project-based inquiry and scientific research efforts such as assisting Bernice Pauahi Bishop Museum scientists with a stream-restoration study in nearby Waipi'o Valley. Students demonstrate their learning by presenting an annual hula drama for their community and by generating Hawaiian-focused educational products, including CDs, websites, and publications.

The Fish and Their Gifts/Nā Pōmaika'i o nā I'a is just such a student-created project. Written and illustrated by ten middle- and high-school students, this book is the result of an interdisciplinary book-publishing project integrating English Language Arts, Fine Arts, Hawaiian Language, Hawaiian Studies, and Science and Technology.

The students of Kanu o ka 'Āina are proud to share their creation with readers near and far and hope that it will inspire other students to publish their own stories. For more information visit Kanu o ka 'Āina at www.kalo.org.

Hawaiian Word Glossary

ākēkē	pufferfish
ʻalaʻihi	squirrelfish
heʻe	octopus
hīnālea	wrasse
hoʻokupu	ceremonial offering
Kanaloa	an ocean deity
mālolo	flying fish
manō	shark
ono	wahoo
ʻopihi	limpet
puhi	eel
tūtū wahine	grandmother

The Fish and Their Gifts

One day on the island of Hawai'i,
near the famous beach Hāpuna,
a young boy named Kekoa
            was picking 'opihi.

He was the son of a great fisherman
    named Kekai.

Kekoa longed to walk
        in his father's footsteps.

    As Kekoa climbed on the rocks
he saw the biggest 'opihi he had ever seen.
    It was on the rock farthest out into the ocean.
    Kekoa knew it was dangerous to go that
        far out but he wanted the shell to make a
            beautiful necklace for his tūtū wahine.

While Kekoa thought about the wonderful necklace
he would make, a towering wave surprised him
and swept him into the sea.

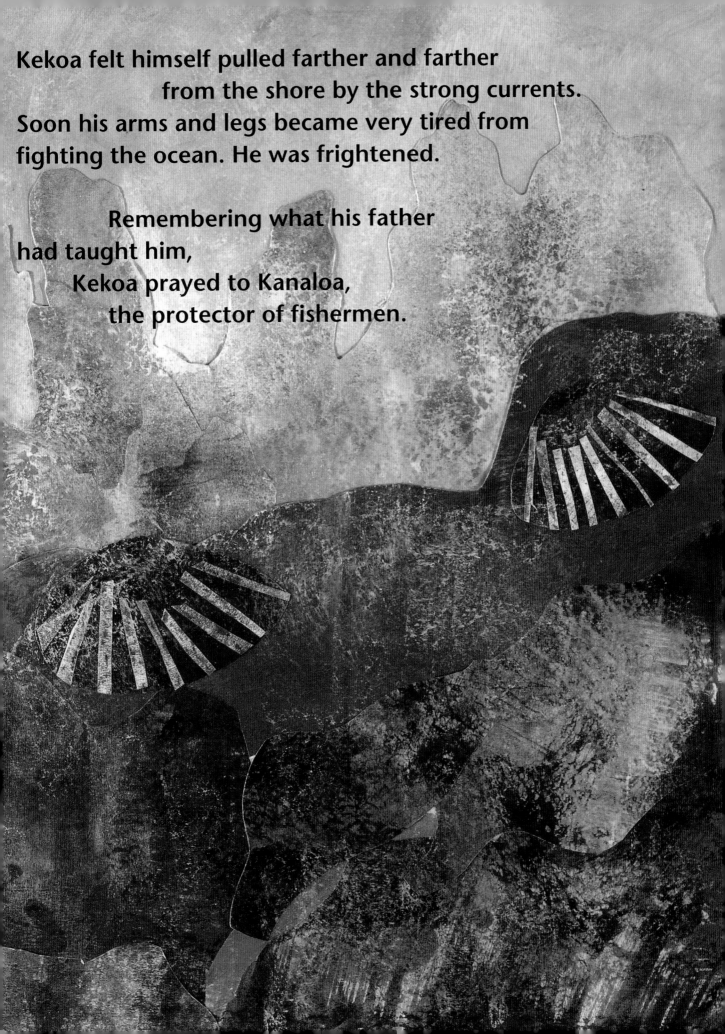

Kekoa felt himself pulled farther and farther
from the shore by the strong currents.
Soon his arms and legs became very tired from
fighting the ocean. He was frightened.

Remembering what his father
had taught him,
Kekoa prayed to Kanaloa,
the protector of fishermen.

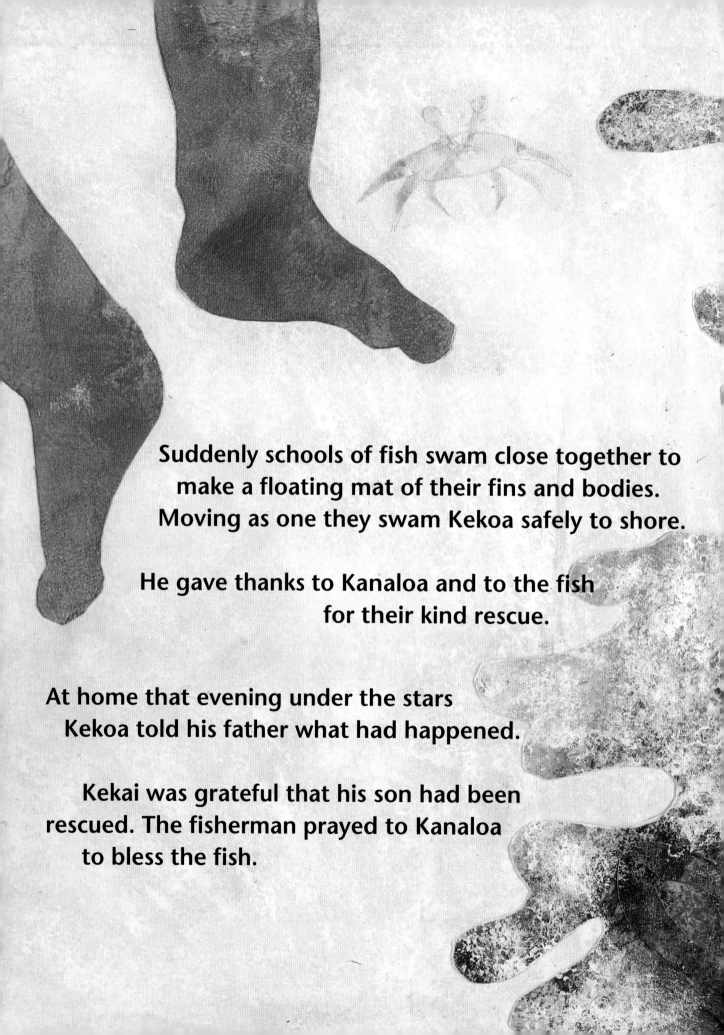

Suddenly schools of fish swam close together to
make a floating mat of their fins and bodies.
Moving as one they swam Kekoa safely to shore.

He gave thanks to Kanaloa and to the fish
for their kind rescue.

At home that evening under the stars
Kekoa told his father what had happened.

Kekai was grateful that his son had been
rescued. The fisherman prayed to Kanaloa
to bless the fish.

At dawn a huge whale appeared
near Hāpuna.

Kanaloa himself had come to thank
the fish for saving Kekoa.

"For protecting the son of the fisherman,
I will help protect you.
To each of you I will give a gift.
Choose what you wish and come forward."

First came Ono.

He said, "Manō always catches and eats my family.
Can you please help me swim faster?"

Instantly Ono shot away like
a streak, faster than any of
the other fish in the ocean.

Mālolo said,
"Now Ono will be able to catch my family."

"I want wings so I can fly
 and escape from Ono's
 hungry family."

Immediately two of her
fins grew into wings.

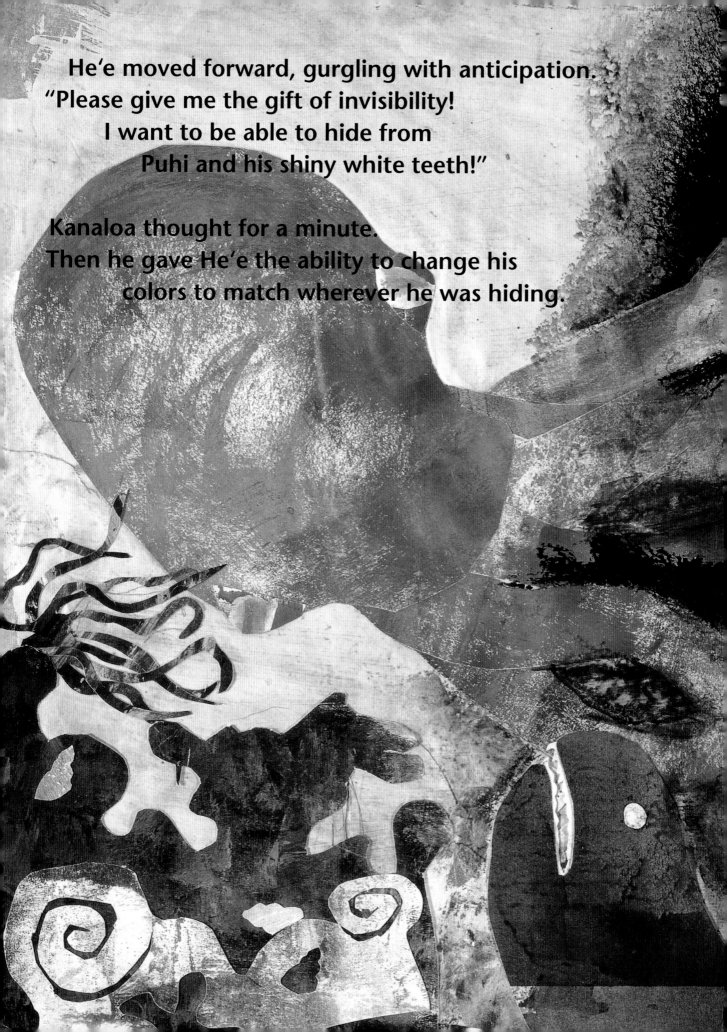

He'e moved forward, gurgling with anticipation.
"Please give me the gift of invisibility!
I want to be able to hide from
Puhi and his shiny white teeth!"

Kanaloa thought for a minute.
Then he gave He'e the ability to change his
colors to match wherever he was hiding.

Kanaloa also gave
He'e a bag of black
dye to cloud the
water so that
Puhi wouldn't
see He'e.

Hīnālea timidly approached Kanaloa and requested his gift.

"I would like a smaller mouth
so fishermen cannot hook me."

Kanaloa granted
all the fish the protection
they desired.

Ākēkē could now blow himself up to be bigger than the mouths of fish who usually chased him. This made his spines stick out, too.

'Ala'ihi was given
sharp spikes and spines.

That afternoon when Kekoa
and his father went diving
they noticed changes in the fish.

When Kekoa tried to spear Heʻe his target was suddenly hidden by a black cloud.

When Kekoa got too close to ʻAlaʻihi he nearly got poked by ʻAlaʻihi's sharp spikes and spines.

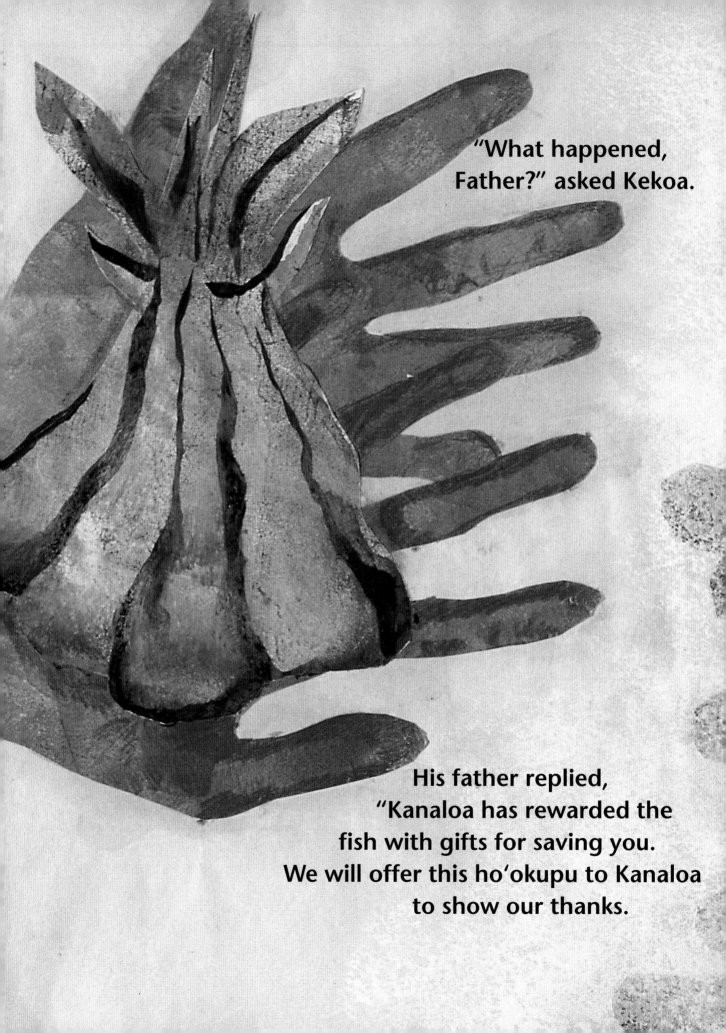

"What happened,
Father?" asked Kekoa.

His father replied,
"Kanaloa has rewarded the
fish with gifts for saving you.
We will offer this hoʻokupu to Kanaloa
to show our thanks.

"Remember, son, every deed deserves its just reward."

Turn.

E hoʻohuli.

"E hoʻomaopopo ʻoe, e kuʻu keiki,
ʻaʻohe hana nele i ka uku."

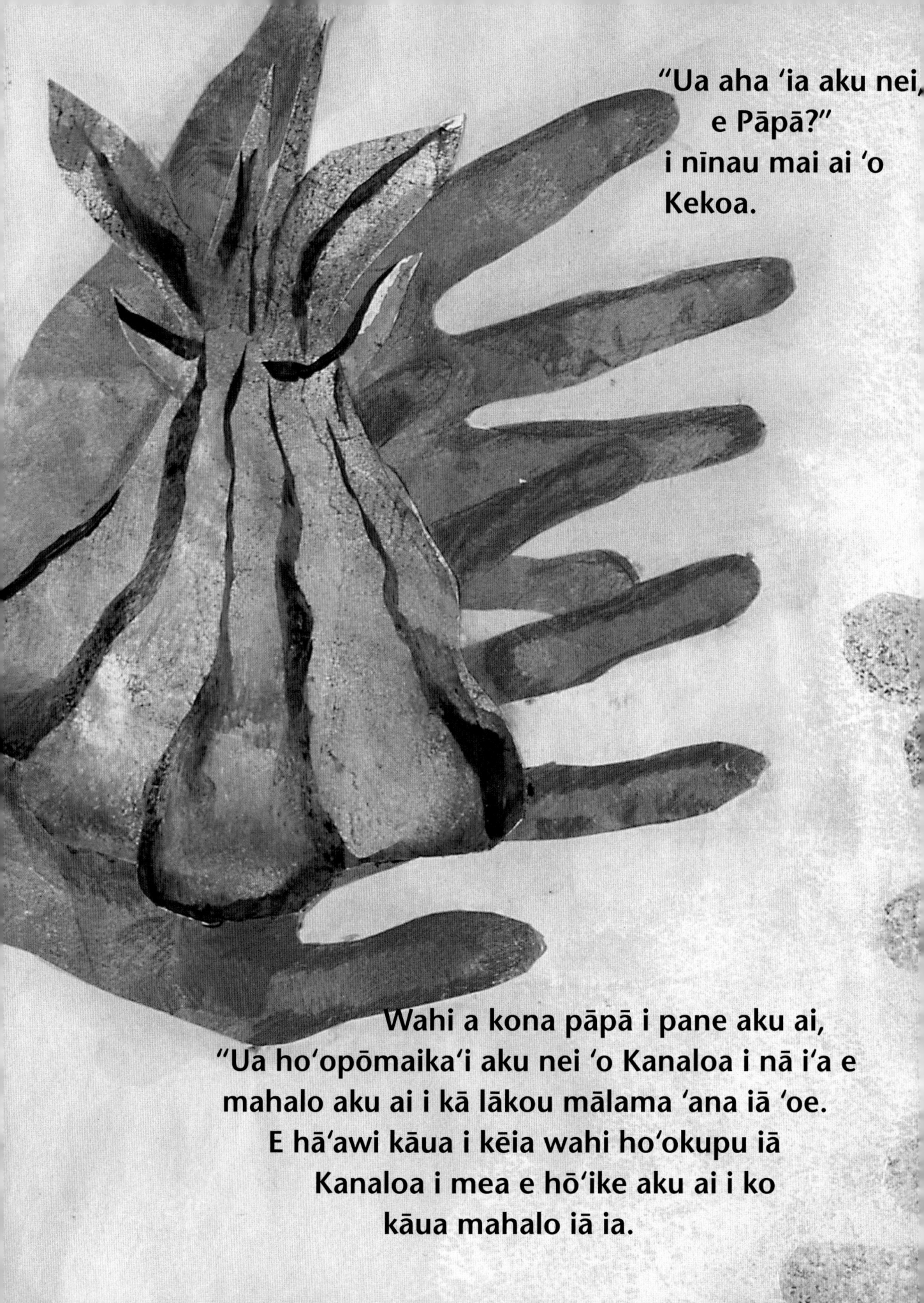

"Ua aha 'ia aku nei, e Pāpā?"
i nīnau mai ai 'o Kekoa.

Wahi a kona pāpā i pane aku ai,
"Ua ho'opōmaika'i aku nei 'o Kanaloa i nā i'a e
mahalo aku ai i kā lākou mālama 'ana iā 'oe.
E hā'awi kāua i kēia wahi ho'okupu iā
Kanaloa i mea e hō'ike aku ai i ko
kāua mahalo iā ia.

A hoʻāʻo ʻo Kekoa e ʻō iā Heʻe, ʻo ka
nalowale aʻela nō ia o Heʻe i ke kūkaeuli.

Hoʻokokoke akula ʻo Kekoa iā ʻAlaʻihi, ʻaneʻane
ʻo ia e kū i ke kukū a kala ʻoʻoi o kahi ʻAlaʻihi.

Ua hāʻawi ʻia he mau
kukū iā ʻAlaʻihi i mea e hōʻalo ai
i kona ʻai ʻia.

I ia ʻauinalā nō, iā Kekoa
lāua ʻo kona makua kāne
e luʻu kai ana, ua ʻike lāua
i nā loli o nā iʻa.

I ia manawa, ua hiki iā Ākekē ke hoʻohū aʻe i kona kino a kekē, i ʻoi aku kona nui ma mua o ka waha o ka iʻa e alualu ana iā ia. Ma ia hoʻohū ʻana, ʻokala pū aʻe kona mau kala kekahi!

Ua hoʻolako nō ʻo Kanaloa i nā mea
a pau a nā iʻa i makemake ai.

Ua holo nihi aku ʻo Hīnālea iā Kanaloa a noi akula i kona makemake.

"E hoʻēmi ʻia mai koʻu waha i ʻole
ka lawaiʻa e hoʻopaʻa iaʻu ma ka makau."

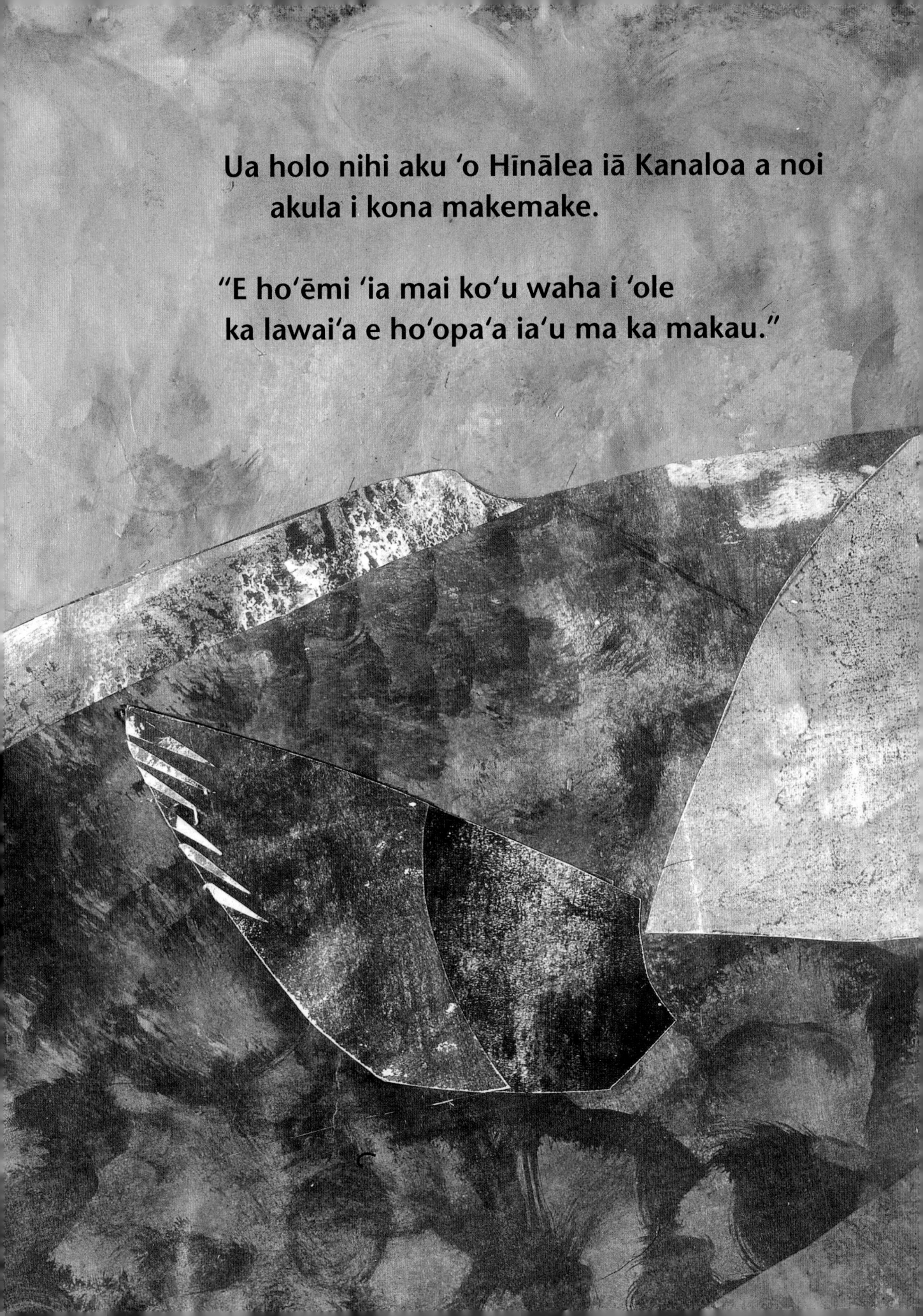

Ua hā'awi pū aku 'o Kanaloa
iā He'e i kekahi 'eke piha
i ka wai 'ele'ele āna
e puhi ai e pou'i ai
ho'i ke kai, a hiki 'ole
iā Puhi ke 'ike mai iā
ia. Kapa 'ia akula ia 'eke
he "'ala'ala," a 'o ia wai
'ele'ele he "kūkaeuli."

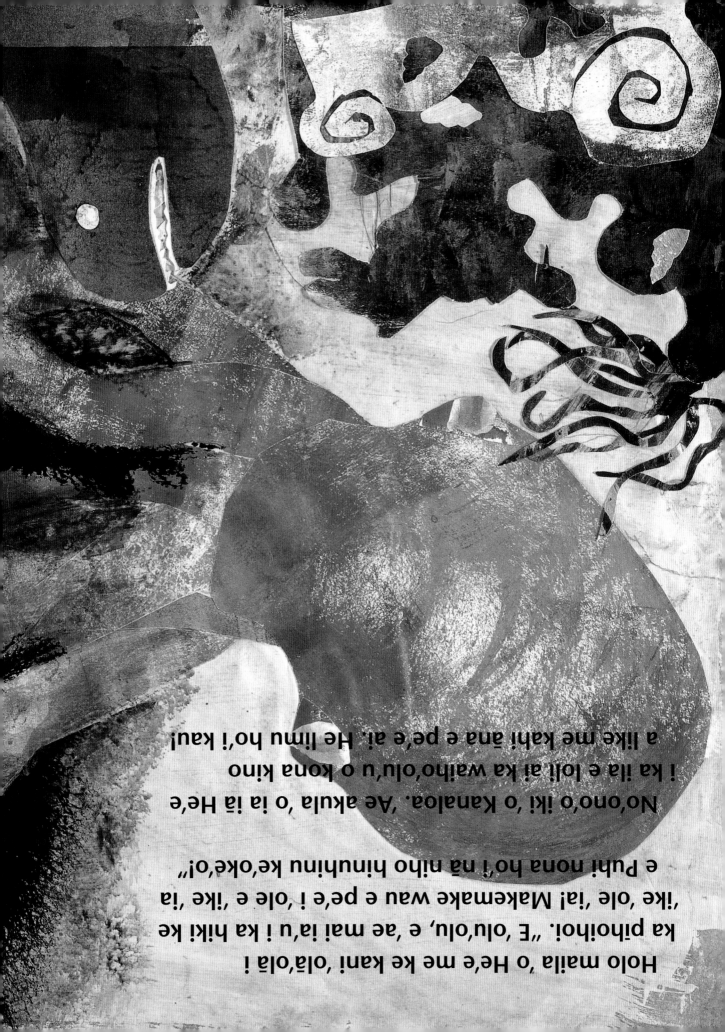

Holo maila 'o He'e me ke kani 'ola'olā i ka piholoi. "E 'olu'olu, e 'ae mai ia'u i ka hiki ke 'ike 'ole 'ia! Makemake wau e pe'e i 'ole e 'ike 'ia e Puhi nona ho'i nā niho hinuhinu ke'oke'o!"

No'ono'o iki 'o Kanaloa. 'Ae akula 'o ia iā He'e i ka ila e loli ai ka waiho'olu'u o kona kino a like me kahi āna e pe'e ai. He limu ho'i kau!

"I 'ēheu no'u e lele
ai au e pakele
i ko Ono 'ohana pōloli."

'O ka lilo a'ela nō ia o
kona mau pewapewa 'elua
i 'ēheu lō'ihi.

ʻŌlelo maila ʻo Mālolo, "I kēia manawa,
e hiki ana iā Ono ke apu a ʻai i koʻu ʻohana."

'O ka holo kikī akula nō ia o Ono
   me ka māmā loa o nā i'a
holo māmā o ke kai.

Ua holo mua mai ʻo Ono.

ʻŌlelo mai ʻo ia, "Apu a ʻai ʻo Manō i koʻu ʻohana.
Hiki anei iā ʻoe ke kōkua mai iaʻu ma ka holo wikiwiki ʻana?"

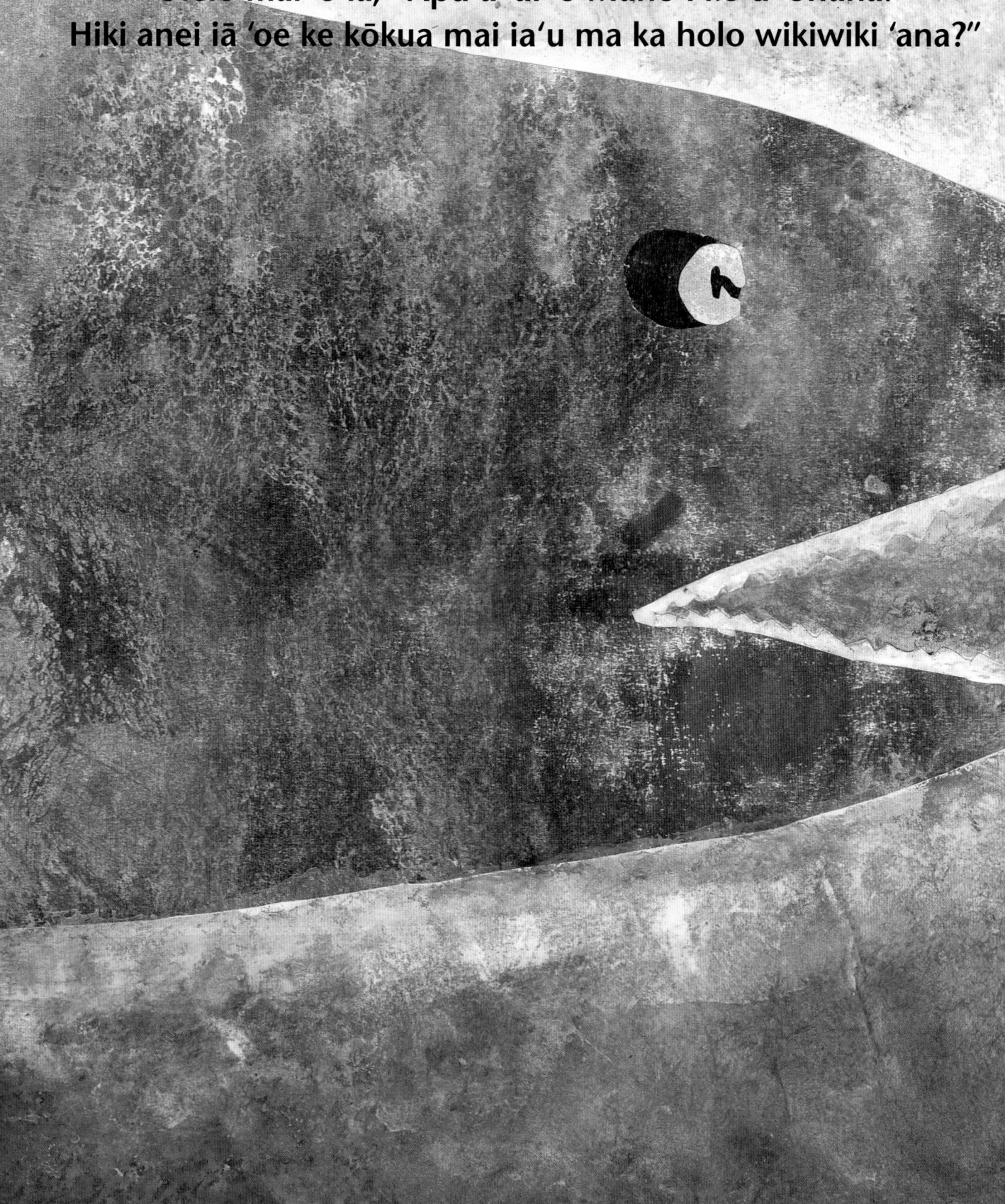

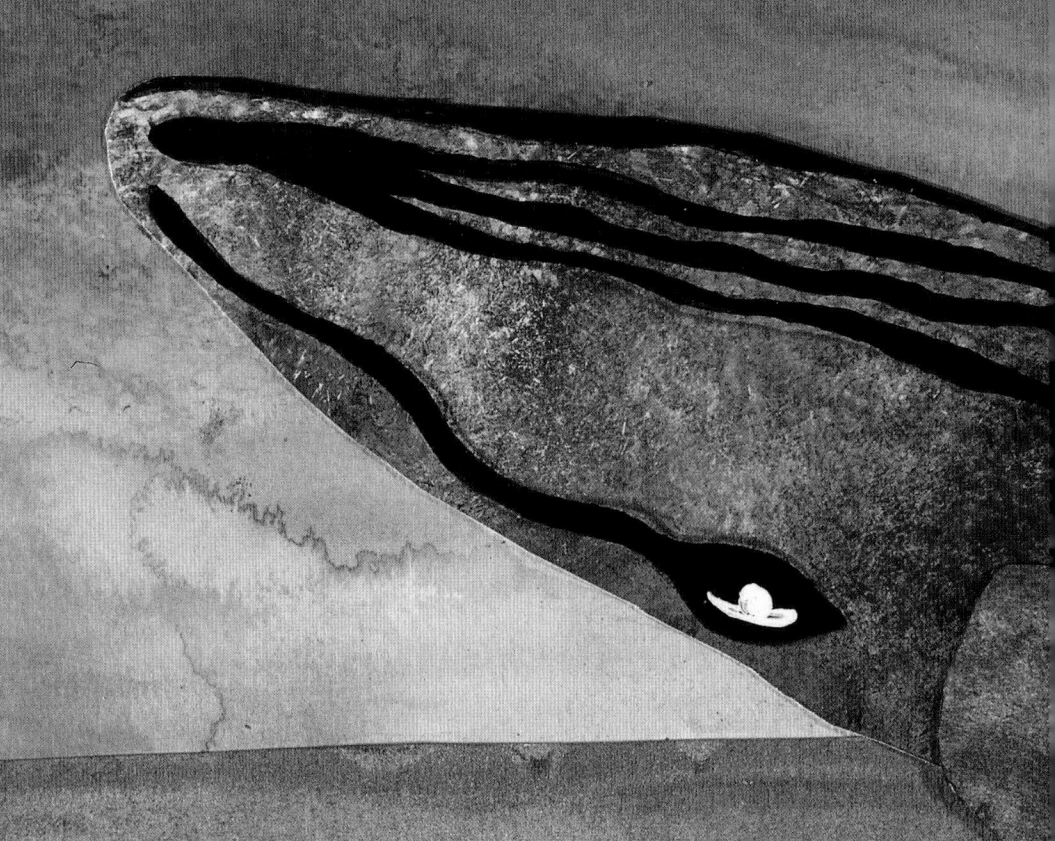

Ma ka wanaʻao, ua ʻike ʻia kekahi koholā
nunui kokoke i Hāpuna.

Ua holo mai ʻo Kanaloa ma kona kinolau
he koholā e mahalo aku ai i nā iʻa nāna
i hoʻopakele iā Kekoa.

"Na ʻoukou i mālama i ke keiki a ka lawaiʻa,
a naʻu nō e mālama iā ʻoukou,"
i ʻī aku ai ʻo Kanaloa. "E hāʻawi au i pōmaikaʻi
no ʻoukou pākahi a pau. E noʻonoʻo ʻoukou
i ko ʻoukou makemake. A pau, e hōʻike mai iaʻu."

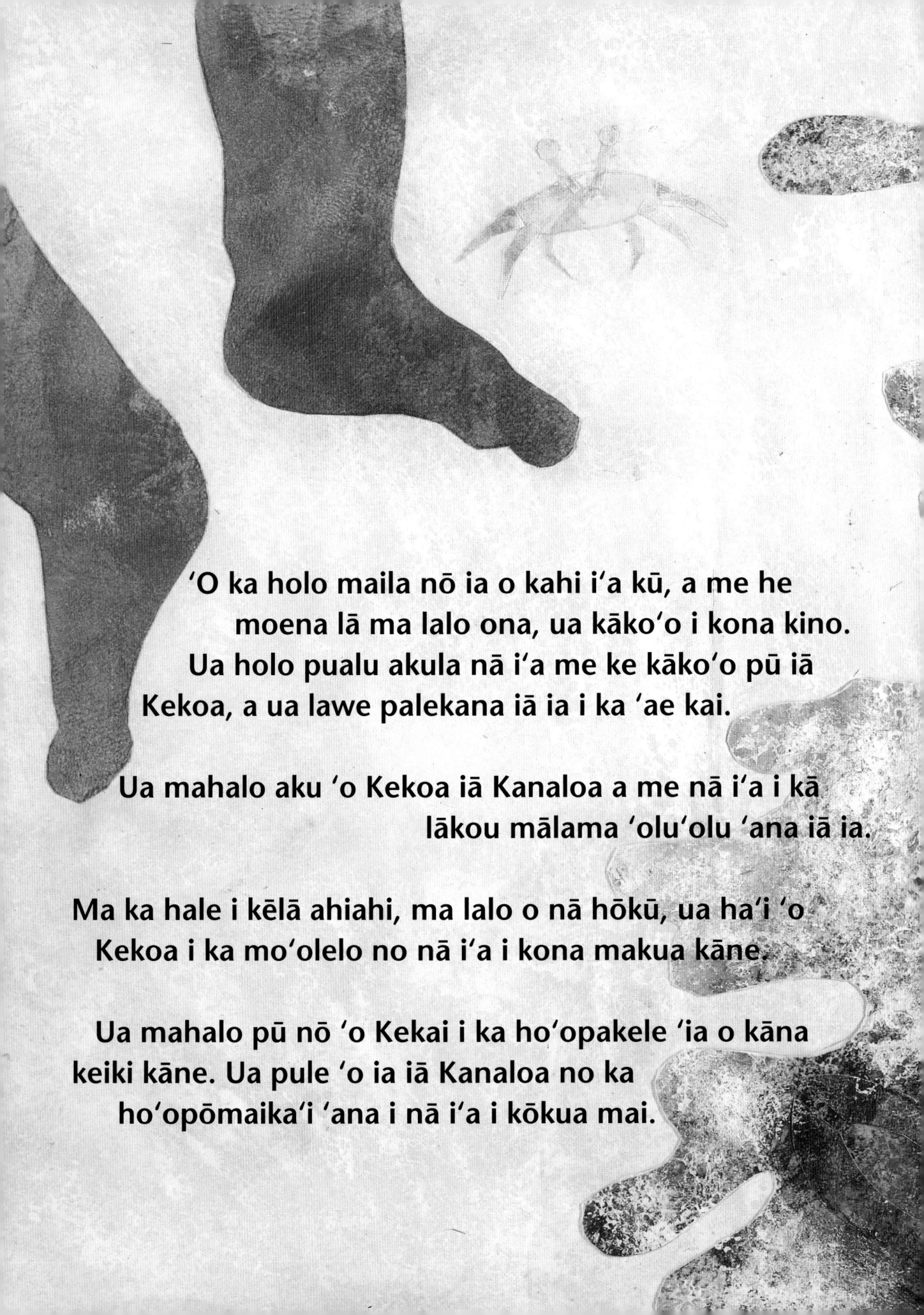

'O ka holo maila nō ia o kahi i'a kū, a me he
moena lā ma lalo ona, ua kāko'o i kona kino.
Ua holo pualu akula nā i'a me ke kāko'o pū iā
Kekoa, a ua lawe palekana iā ia i ka 'ae kai.

Ua mahalo aku 'o Kekoa iā Kanaloa a me nā i'a i kā
lākou mālama 'olu'olu 'ana iā ia.

Ma ka hale i kēlā ahiahi, ma lalo o nā hōkū, ua ha'i 'o
Kekoa i ka mo'olelo no nā i'a i kona makua kāne.

Ua mahalo pū nō 'o Kekai i ka ho'opakele 'ia o kāna
keiki kāne. Ua pule 'o ia iā Kanaloa no ka
ho'opōmaika'i 'ana i nā i'a i kōkua mai.

'Ike ihola 'o Kekoa i ka huki 'ia o kona kino
    e ke au kanai'i e kō ana iā ia mai kahakai aku.
'A'ole 'emo, luhi loa kona mau lima
    a me kona mau wāwae i ka 'au kai,
    a komo maila ka maka'u i loko ona.

  Me ka ho'omaopopo i kā kona makua
kāne i a'o ai iā ia, pule 'o
  Kekoa iā Kanaloa, ka mea nāna
    e ho'omalu i ka lawai'a.

Iā Kekoa e noʻonoʻo ana i kāna lei nani e
hana ai, hoʻopūʻiwa ʻia ʻo ia e kekahi nalu nui loa,
a lilo aʻela i ke kai.

I kekahi lā ma ka mokupuni 'o Hawai'i,
kokoke i ke kahākai kaulana 'o Hāpuna,
e ku'i 'opihi ana kekahi keiki kāne
'ōpiopio 'o Kekoa.

He keiki 'o Kekoa na kekahi lawai'a loea loa,
'o Kekai kona inoa.

Nui ko Kekoa 'i'ini e kū i ka
māna a kona makua kāne.

E pi'i ana 'o Kekoa i nā pōhaku, a 'ike akula
'o ia i ka 'opihi nui loa o nā 'opihi āna i 'ike
mua ai. Aia lā ka 'opihi ma ka pōhaku mamao
loa aku i ke kai. Maopopo iā Kekoa he
pu'umake ka hele 'ana i laila, akā na'e, ua
makemake 'o ia i ka iwi o ia 'opihi e hana
ai i lei nani no kona tūtū wahine.

Nā Pōmaika'i o nā I'a

Ua kākau a kaha kiʻi ʻia kēia moʻolelo e nā haumāna o ke kula hoʻāmana ʻo Kanu o ka ʻĀina. He kula hoʻāmana ia no ka lehulehu o ke kenekulia hou. Mai ka papa mālaaʻo a hiki i ka papa ʻumikūmālua, he kula nō ia e nānā nui ana i nā pono o ke kaiaulu a e hoʻoikaika nei he ʻelua ʻōlelo, ʻo ka ʻōlelo Hawaiʻi a me ka ʻōlelo Pelekāne, me ka nānā nui i ka moʻomeheu Hawaiʻi. Aia ke kula ma Waimea kuaʻāina ma ka moku ʻo Kohala i ka ʻaoʻao ʻākau o Hawaiʻi mokupuni (ʻo ia hoʻi ka mokupuni nui loa ma ka hema loa o ka pae ʻāina ʻo Hawaiʻi).

Pili ka manaʻo o "kanu o ka ʻāina" i nā kānaka ʻōiwi no ia ʻāina mai kinohi mai, me he mea lā he mau kalo lākou i kanu ʻia ma ka ʻāina a ola loa ma laila. Kapa ʻia mākou ma ke ʻano he mea kanu, no ka mea he pilina like ko ka Hawaiʻi i ka ʻāina. Aia he ʻelua haneli a ʻoi haumāna ma ke kula ʻo Kanu o ka ʻĀina a hoʻomau nō lākou i ka ʻōlelo a me ka moʻomeheu Hawaiʻi ma o ka hana lima i ke kuʻuna Hawaiʻi e like hoʻi me ka mahi kalo, ka hoʻokele waʻa a me ka hahai i nā loina Hawaiʻi.

Hana nā haumāna o ke kula i nā ʻano pāhana noiʻi like ʻole e like hoʻi me ka hana pū me nā poʻe ʻepekema o ka Hale Hōʻikeʻike ʻo Pīhopa ma ka noiʻi i ka hoʻōla hou i kekahi kahawai o ke awāwa ʻo Waipiʻo. Hōʻike nā haumāna i kā lākou mau mea i aʻo ai ma ka hōʻikeʻike hula no ke kaiaulu i nā makahiki a pau a ma ka hoʻomōhala haʻawina Hawaiʻi e like me ka hana CD, pūnaewele a me ka haku a paʻi puke.

ʻO ka puke ʻo *The Fish and Their Gifts/Nā Pōmaikaʻi o nā Iʻa* kekahi o ia mau haʻawina i hoʻomōhala ʻia e nā haumāna. Ua kākau a kaha kiʻi ʻia kēia puke e ʻumi mau haumāna mai ke kula waena a me ke kula kiʻekiʻe. ʻO kēia puke ka hopena o kekahi pāhana paʻi puke i hoʻohana he mau kumuhana mākau, ʻo ka mākau ʻōlelo, ka pāheona, ka ʻōlelo Hawaiʻi, ka haʻawina Hawaiʻi, ka ʻepekema a me ka ʻenehana.

Haʻaheo nā haumāna o Kanu o ka ʻĀina i ke kaʻana like i kā lākou puke i haku ai me nā mea heluhelu kokoke a mamao me ka manaʻolana e piʻi ka hoihoi o nā haumāna ʻē aʻe e paʻi i kā lākou mau moʻolelo iho ma ka puke. I ʻike hou aʻe, e kipa iā Kanu o ka ʻĀina ma www.kalo.org.

He paʻi hou kēia o ka puke ʻo *The Fish and Their Gifts*, nona ka inoa Hawaiʻi ʻo *Nā Makana a Nā Iʻa* ma mua. Ma ia paʻi hou ʻana, ua kapa hou ʻia he inoa Hawaiʻi no ua puke nei, a ua hoʻololi ʻia kekahi ʻōlelo o ka moʻolelo.

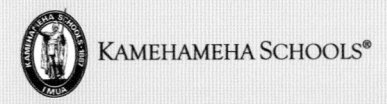

KAMEHAMEHA SCHOOLS®

Kuleana kope © 2015 na Nā Kula ʻo Kamehameha

Paʻa nā kuleana a pau. ʻAʻole hiki ke hoʻohana ʻia a i ʻole hana kope ʻia kahi māhele iki o nei puke ma nā ʻano a pau, ma ke ʻano uila ʻoe, ma ke paʻi pepa ʻoe, a ma ka hōkeo ʻikepili kekahi, me ka ʻole o ka ʻae i kākau ʻia ma ka leka e ka mea paʻi puke, koe naʻe ka poʻe loiloi e hiki ke hoʻohana i māhele ʻōlelo pōkole ma ke ʻano he puanaʻī ma ka moʻolelo loiloi.

E hoʻouna i nā ninau i ka:
Papa Hoʻopuka ʻo Kamehameha
567 South King Street, Suite 118
Honolulu, Hawaiʻi 96813

publishing@ksbe.edu

Na Hans Loffel ka ʻiʻo o ka puke i hakulau
Na Stacey Leong Design ka ʻili puke i hakulau

Hoʻokō ka pepa o loko o kēia puke i nā koina o ke Koina Lāhui ʻAmelika no ka ʻoihana hoʻolālā hale waihona puke—ka Mau Loa o ka Pepa no ke Paʻi Puke a me ka Pepa i ka Hale Waihona Puke a me ka Hale Waihona Palapala Kahiko, ANSI/NISO Z39.48-1992 (R1997)

ISBN 978-0-87336-081-4

Hoʻolaukaʻi paʻi: Penmar Hawaiʻi Corporation
Paʻi ʻia ma: Guangdong, Panyu, China
Wā hoʻopuka: May 2015
Helu hana: 14-7602

20 19 18 17 16 15   2 3 4 5 6

Nā Pōmaika'i o nā I'a

Joshua Kaiponohea Stender

Kaha ki'i 'ia e   Alexa Mokukea Bate
Leianna Eads
Leigh Frizzell IV
Pua Herron-Whitehead
Kynaston Kaikā Lindsey
Matt Nu'uanu Kakalia
Nāpua Keopuhiwa
Kina'u Puhi
Punahele Svendsen

Unuhi 'ia e   Lilinoe Andrews
Malia Morales
Kiele Gonzalez
Bryan Kamaoli Kuwada

KAMEHAMEHA
PUBLISHING
Honolulu